假球票案件

JIA QIUPIAO
ANJIAN

- （英）芭芭拉·米切尔希尔 著
- （英）托尼·罗斯 绘
- 邱卓 译

语文出版社
·北京·

图书在版编目（ＣＩＰ）数据

假球票案件 / （英）芭芭拉·米切尔希尔著 ；（英）
托尼·罗斯绘 ；邱卓译. -- 北京 ：语文出版社，
2021.6
　ISBN 978-7-5187-1251-9

　Ⅰ．①假… Ⅱ．①芭… ②托… ③邱… Ⅲ．①儿童小
说－侦探小说－英国－现代 Ⅳ．①I561.84

中国版本图书馆CIP数据核字(2021)第073496号

责任编辑　张　程　徐　南
装帧设计　刘姗姗
出　　版　🛡语文出版社
地　　址　北京市东城区朝阳门内南小街51号　100010
电子信箱　ywcbsywp@163.com
排　　版　北京光大印艺文化发展有限公司
印刷装订　北京市科星印刷有限责任公司
发　　行　语文出版社　新华书店经销
规　　格　890mm×1240mm
开　　本　1 / 32
印　　张　2.5
版　　次　2021年6月第1版
印　　次　2021年6月第1次印刷
印　　数　1～3，000
定　　价　25.00元

📞010-65253954（咨询）　010-65251033（购书）　010-65250075（印装质量）

北京市版权局著作权合同登记号：图字 01-2020-5767 号

First published in 2010 under the title of Football Forgery by Andersen Press Limited, 20 Vauxhall Bridge Road London SW1V 2SA.

This Simplified Chinese edition distributed and published by Language and Culture Press with the permission of Andersen Press Limited.

本书简体中文版由安德森出版有限公司独家授权语文出版社出版发行，简体中文专有出版权经由 Bardon Chinese Media Agency 取得。

第 一 章

我叫杜鲁斯，达米安·杜鲁斯，是一名王牌侦探。我在各处查案。

就拿上周六来说吧。妈妈要在流浪者队主场提供餐饮，这可真不错，这样一来我就能免费进场观看比赛了。更棒的是，那是一场很重要的比赛，票都卖完了。于是，我跟温斯顿、哈里还有陶德约好了下午一点在球场碰头。

　　但是，当我到那儿的时候，却只看见了哈里和陶德。

　　"温斯顿哪儿去了？"我问道，"有球赛的时候他可从不迟到。"

　　"不知道啊。"陶德答道。

　　就在这时，哈里的手机响了，他马上接起电话。等挂完电话，他转过身来对我们说："坏消息，他们不让温斯顿进球场。"

"为什么？"我问。

"因为他的票，"哈里说，"他们说他拿的是张假球票。"

我大吃一惊。谁会到处去造假球票呢？我从来没听过这么疯狂的事儿。

"造假票可以发大财，"常看历史频道节目的陶德说，"有人靠伪造名画什么的赚了好几百万呢。"

"嗯……"我说，"但是谁会去伪造一场比赛的门票呢？还有就是，温斯顿是从哪儿弄到假票的呢？"

"所有票都卖光了，但是球场外面有人跟温斯顿说他还有票可卖。"

"所以温斯顿就买了一张？"

"是的。"

有时候我都绝望了。温斯顿怎么能从一个票贩子手里买票呢？票贩子都是实打实的骗子。作为侦探学院的学员，他应该很清楚的啊。

"温斯顿现在在哪儿？"我问道。

"他还在外面呢，"哈里说着指了指大门，"他已经没钱再买别的票了。"

"交给我吧，"我轻轻敲了两下鼻子，"我有办法了。"

正好妈妈让我去货车那儿拿奶油蛋糕。这再好不过了。

第一步

我跑到大门口，托马斯先生正在检票。（他以前是个足球运动员，现在他的背不太好而且头发也不多了。）他认识我，因为我总来餐吧帮妈妈干活儿。

"你好，达米安，"托马斯先生向我打招呼，"是不是很期待这场比赛？"

"那是当然，"我说，"但是我得先去货车那儿一趟。"

"好吧，孩子，"他拍了拍我的肩膀说道，"过去吧。"接着他就让我过去了。

到目前为止，一切顺利。在球场

外面，我一眼就瞧见了正在蔓越莓街上走来走去的温斯顿。他看上去就像挂在钩子上的小虫子一样沮丧。

"过来，温仔。"我大喊着，招呼他到停在路边的货车旁。我把我的计划告诉了他，他马上又来了精神。

我打开车后门。

"拿好这个。"我边说边递给他一个巨大的巧克力蛋糕，蛋糕中间涂着奶油，上面还洒着巧克力碎屑。然

后我自己也拿了一个。

第二步

我们走到大门口，托马斯先生望眼欲穿地盯着蛋糕。

"啊，"他说，"你们在帮餐吧干活啊，是不是？好孩子！"

我们微笑着点了点头，径直走进了大门。最简单的招儿往往最好用，我觉得就是这么回事儿。

计划结束

不巧的是，一堆人挤在大门旁边。啪！噗！温斯顿拿的巧克力蛋糕全压在他那件流浪者队的运动衫上了。真可惜，那是件崭新的运动衫。

"你打算怎么跟你妈妈说啊，达米安？"等在一旁的陶德问。

"如果让她看见这情形，她肯定

暴跳如雷。"哈里说道。

"没事儿，"我说，"这个就当我没有拿。反正她只是让我拿一个蛋糕，估计她都记不得车里有两个蛋糕这回事儿了。"

我敢肯定，大家也都认为没必要浪费掉那个被压瘪了的蛋糕，于是我们几个从温斯顿的衣服上把大部分的蛋糕刮了下来分着吃了。事实上，巧克力蛋糕对我的大脑有一种神奇的影响，它会让我的大脑全速运转。没过多久，我就想出了抓住那个卖假球票的骗子的办法。

第 二 章

比赛快要开始了。我们四个人赶紧去找自己的位子。坐在我旁边的是一个叫安娜贝拉·哈灵顿的姑娘，她和我在同一所学校。作为一个女孩儿来说，她长得还可以，是那种长发碧眼类型的。

"你好，达米安，"她说，"今天没去抓罪犯吗？"

"事实上，我正在破案，"我说，"刚才就发生了一个大案子。"

迪克茜·斯丹顿，是安娜贝拉的朋友，她坐在安娜贝拉的另一边。她突然咯咯地笑起来。她总是喜欢咯咯地笑。真是个讨厌鬼。

安娜贝拉没理她。"那个罪犯长什么样啊？"她问道。

温斯顿告诉了我一些细节，我在我的侦探笔记本上做了些记录。

"他个头挺高，下巴有点胡子拉碴的。"我边说边飞快地翻着我的笔记本，"你知道那种人吧，就好像他已经一个礼拜都没刮胡子似的。根据我的经验，这是最坏的罪犯。"

我觉得安娜贝拉对这个案子非常感兴趣，她问了我一大堆问题。

"他穿什么衣服，达米安？"她边问边凑过来看我的笔记本。

温斯顿插嘴道："一顶羊毛帽，一条足球围巾，一条牛仔裤，一件黑色夹克……"

"你瞧，安娜贝拉，"我打断道，"对于像我这样训练有素的侦探来说，这再明显不过了，这个人是个足球迷，而且他也会来看这场球赛，甚至他有可能就坐在我们附近，谁知道呢。"

我喃喃地说。

"好吧。那你打算怎样在人群中认出他呢?"迪克茜·斯丹顿问。她就是想显得自己很聪明——其实她并不聪明。

"事实上,"我说,"我已经有计划了。"

我的计划是这样的:比赛结束后,陶德和哈里去守球场的一个大门,温斯顿去守另一个。然后,当人们离场的时候,他们就可以留意去找那个造假票的。不巧的是,到时候我过不去,因为我还得去帮妈妈干活。真倒霉!

"我们能帮忙吗?"安娜贝拉问,"人多力量大!"

"我的空手道很厉害的。"迪克茜·斯丹顿说。

当然，我不得不拒绝了她们的提议。"我们能行，多谢了。"我说道，"这是一项真正的侦查任务，陶德、哈里和温斯顿这么长时间以来一直都在参加我的侦探学院培训。"

安娜贝拉带着迷人的微笑说道："好吧，达米安，假如你需要我们的

帮助，尽管开口。"

温斯顿皱起了眉，又戳了戳我的肋骨说："我们不需要女孩子，对不对？"

我只好赞同他的说法。

球赛一结束（零比零…太扫兴了），我用最快的速度冲到餐吧干活。此刻，妈妈的心情很不好。

"我记得我在车里放了两个奶油蛋糕，达米安，"她边说边眯起眼睛怒视着我，"**另一个奶油蛋糕哪儿去了？**"

我展现出最无辜的笑容——那种露出牙齿的一系列动作。"说不定你只是以为自己带了两个奶油蛋糕呢。你的记性可不怎么好，不是吗？"

"我的记性好得很！"她大声说道，"那个蛋糕如果不在车上，那它去哪儿了，达米安？"

这时，我把满满一罐牛奶洒在地上。于是，妈妈忙着为弄洒牛奶的事情跟我生气，以至于她都忘了奶油蛋糕那件事。

"行了，"她把牛奶擦干后说，"把这些盘子拿到车上去。小心点！"

要我看，作为一个男生最不爽的地方就在这。我正在追踪一个罪犯，然而我非但没能去抓住他，反而被迫去干这些无聊的活儿。这完全是在浪费我的聪明才智。整整过了三十分钟，我才去和伙伴们会合。

"有什么发现？"我问道。

"什么都没发现。"陶德说。他用脚来回蹭着地面，看上去无比沮丧。"很多人都戴着羊毛帽和围巾，但都不是那个卖假票的。"

"说不定他不在看球的人群里呢。"哈里说。

我不禁在想，要是不用在餐吧帮妈妈干那些杂活儿，没准儿我就发现他了。

"咱们得想点办法，"我对伙伴

们说，"回家前咱们去吃点薯条吧，薯条对大脑很有好处。"

"真的吗？"陶德问。他老是喜欢刨根问底。

"我在什么地方读到过。"我编了个瞎话。然后，我们穿过蔓越莓街来到薯条店，足球迷们已经在那里排起了长队。我发现安娜贝拉也站在队伍中。

（遗憾的是，她和迪克茜·斯丹顿在一起。）

"嘿，达米安，"安娜贝拉叫我，"你找到那个罪犯了吗？"

"还在搜集线索。"说完，我们一行人从她们身旁走过，站到了队尾。

我们在那站了几分钟，温斯顿突然大声叫道："看！就是他！"他指向了蔓越莓街边的一个高个子男人，那人身穿一件邋遢的黑夹克，正从麦克斯韦尔先生的报刊店里往外走。

终于等到这个卖假球票的骗子现身了！

第 三 章

我们马上离开了队伍。

"好的，"我说，"咱们跟着他，没准儿能找到他的住处。"

我们跟在骗子后面，和他保持着几步路的距离。我注意到他穿的运动鞋脏兮兮的，他走路的时候还佝偻着腰。这是典型的坏蛋形象！

安娜贝拉也跟上了我们，她后面

跟着迪克茜·斯丹顿。

"要帮忙吗？"她问道。

"不用，谢了，"我回答道，"我感觉一切尽在掌握之中。"

迪克茜·斯丹顿也想插手。"来吧，让我来给他一记空手道！"但我没理她。

"这可是你的损失，达米安。"她说道。好像我在乎似的！

那个骗子拐了个弯，往右走了。

事态变得越来越刺激。倒霉的是，他早把他的车停在了邻街，我还没反应过来，他便跳进车里，驾车离开了。我都怀疑他是不是已经知道我们在追踪他了。

　　然而，这还不算彻底没戏。至少我还在我的侦探笔记本上面画了一张不错的速写。

　　"现在怎么办啊？"陶德问。

我已经准备好了下一步的行动。"我们拿着这个骗子的画像去麦克斯韦尔先生的店里。"我边说边给他们看我的笔记本。

"你画得真垃圾，达米安，"陶德说，"用你这画谁都认不出来。"

但好在其他人并不觉得我画得那么糟，于是我们沿着路往回走到报刊店，此时，麦克斯韦尔先生正在外面的人行道上抽烟。在我看来，这是一个特别不好的行为。

我站在他面前，把画举起来让他

指认。"这个人几分钟前来过您店里，"我说，"您认识他吗？"

　　麦克斯韦尔先生把烟从嘴里拿出来，摇了摇头。"我这辈子从没见过这个人。"说完他又把烟放回嘴里。但是，依我看，他压根儿就没看那张画。

　　"您再看看。"我说道。（侦探们在询问别人的时候通常都会这么说，我在电视上看过很多次了。）

"走开，达米安，"他说，"我忙着呢。"然后他把烟往人行道上一扔（真恶心！），回店里去了。

"现在该怎么办？"陶德又问。

"现在唯一能做的，就是把假球票的事情告诉老基特警官，再把这张画给他看。他肯定特别感兴趣。"

于是我们来到警察局，诺布斯警官正坐在那里。我是之前在侦破其他案件的时候认识他的。

我把笔记本"啪"的一声放在他面前，说道："我有些线索要告诉老基特警官。这可是个大案子。"

诺布斯警官伏在桌子上，皱了皱眉。"恐怕他现在很忙，达米安。"

他说道。我知道这不是真的。老基特警官从不会因为太忙而不见我。

我虽然很讨厌小题大做，但我只能这么干了。我和伙伴们大喊道：

"我们想要见谁？老基特警官！我们何时需要他？现在！"

突然，门打开了，几个警察冲进接待室，他们以为这里发生了骚乱。

我们想要见谁？
老基特警官！
我们何时需要他？
现在！

　　而当老基特警官从办公室冲出来的时候，诺布斯警官看起来尴尬极了，他的脸红得像个熟透了的番茄。

　　"啊，达米安啊！"老基特警官说，"我就该猜到是你。"

　　我转向小伙伴们，说道："瞧，我跟你们说过的，老基特警官正等着我来呢。"

第 四 章

　　警察局里的事情进展得并不顺利。老基特警官的心情不太好。他说，他可以控告我们扰乱治安，那样的话我们就会有犯罪记录了。

　　"我退出，"陶德说，"我妈要是知道了会杀了我的。"

　　"我也一样。"哈里说。

　　就连温斯顿也说他得马上回去喂

他的豚鼠。

于是，就只剩下我和老基特警官两个人面面相觑。我向他汇报我正在侦查的案子。我打开笔记本，给他看了我画的画像。

"这个人，"我说，"他就是那个卖假球票的人。"

"嗯……"老基特警官说，"恐怕这帮不了什么忙，如果你现在有张照片的话——那情况就不一样了。"

"我可以给你描述一下他长什么样。"我热心地说道。

　　老基特警官叹了口气。他看起来有些疲倦。"行吧，达米安"，他说，"你最好写一份报告，写清事情的来龙去脉。"

　　他给了我一张表格，然后就留我一个人继续填表。我把所有事情都写了下来。用最好的字体，用最正确的拼写，总之就是最好的一切。

当我埋头填写表格的时候，老基特警官在干什么呢？他竟然给我妈打了电话。你能相信吗？我妈一路冲到了警察局。

她可不怎么高兴。

"非常抱歉，达米安浪费您的时间了，警官，"妈妈说，"他经常假扮侦探，您知道的，他的想象力特别丰富，总爱无事生非。我向您保证，

他不会再来打扰您了。"

我简直惊呆了！我到底要破多少个案子，她才能把我当成一个职业侦探？这太让人难以接受了。回家后，她甚至亲自把我送回了房间。

即便如此，我也没有浪费时间。我进入了统筹模式，为明天的侦查做准备。要是警察不帮忙去追查那个骗子的话，我就得像往常那样自己干。我用妈妈的手机给所有侦探学员打了电话，让他们明天上午十点务必到小木屋集合，我们得召开一个紧急会议。

第 五 章

第二天是个星期日。太棒了！我通常会在一顿丰盛的早餐香味中醒来。有培根、鸡蛋，还有烤面包。这些都是我的最爱。但是这个星期日，这些都没有，厨房里也没有妈妈的身影。

这的确是个坏消息，因为我得自己做早饭了——麦片粥（两碗），四片涂了果酱的吐司，还有我在冰箱里找到的几根冷香肠和一些烤豆子。

在经历了一个令人沮丧的开端之后，我赶紧跑到小木屋，准备开会。我的计划是写一些传单，然后把传单塞进球场附近每户人家的门里。我负责画画，其他人则负责写字。

我一个人在旧木箱上坐了半个小时，温斯顿才带着大个儿（它闻起来真臭）走了进来。

"迟到总比不到好，"我边说边把我的笔记平铺在那块大家用来当桌子的木板上。"来瞧瞧我设计的传单。"

但是温斯顿似乎并不感兴趣。"我不能留在这里，"他说道，"我说狗你见过这个人吗？

他是个骗子。他售卖假球票。真是可恶至极！！！
如果你认识他的话就拨打这个号码：0234-778912.

狗需要散步，我爸才放我出来的。我得赶快回家了，我奶奶来了。"

真是个坏消息。"那其他人呢？"

"周日的话，哈里一般都会睡到中午十二点。陶德和拉芙去海边了。"

我心灰意冷，看样子我只能自己

一个人去追踪罪犯。

不过在离开之前，温斯顿又给我提供了一些重要信息。"你猜怎么着。"他说。

"怎么了？"

"安娜贝拉，我不记得她姓什么了，她昨天给那个票贩子照了张相。呃，就在他上车的时候。她的手机上有个摄像头。"

我吃惊不已。"她怎么不告诉我啊？"我说道，"她这是在隐瞒线索。"

温斯顿耸了耸肩。"你说你自己能搞定这个案子，记得吧。"

这是事实。但现在情况就不同了，她手里有了关键证据，我必须看看那

张照片。

　　"打她手机吧。"温斯顿说完，递给我一张写着一串数字的纸条。

　　我不想让女孩们参与调查——除非迫不得已。我从口袋里拿出妈妈的手机，拨通了安娜贝拉的电话。

第六章

　　我约安娜贝拉在蔓越莓街上那家炸鱼薯条店的后面见面。那儿有一排摇摇欲坠的车库，环境很糟糕。

　　"我用其中一间做我们小分队的基地。"她在电话那边解释道。

　　这还是我第一次听说这件事儿。

　　她还告诉我，她打印了照片，把它挂在车库里。真是个不错的消息。

要出发去见她了，我誓死要维护我作为首席侦探的声誉。

我正沿着马路朝公园方向走去时，看到不远处穿着便衣①的老基特警官在溜他的狗狗蜜桃。我想他没看见我，因为他匆匆穿过了公园的大门。

即使如此，我还是追上去和他打了个招呼。

"你好啊，老基特警官。"我说道。我不得不重复了好几次，这让我怀疑他的听力是不是下降了。

他终于停下脚步转过身来，我注意到他看上去不怎么开心。或许他正

①便衣是指警察不穿制服的时候穿的衣服。有时候这意味着他们得假扮成某个人才能把罪犯抓到。

在为这一地区的犯罪率担忧。

"你好，达米安。"他说。

我站到他身边，用我的最大音量跟他讲话，以确保他能听见。"我觉得你应该知道这件事。"

"用不着喊，达米安，"他说，"什么事？"

"我正在追踪那个球票骗子。"

他皱了皱眉，接着叹了一口气。"好。你继续，但别打扰别人，达

米安。今天我休假。"说完他就走开了。

　　警方的态度常常让我感到意外。他们不该依赖一个侦探男孩来解决本地的犯罪问题。我真的很想知道，我妈妈交的税都用到哪去了？

　　我走出公园，很快就走到了蔓越莓街上的那排商店附近。只有麦克斯维尔先生的报刊店还开着，但我觉得他一点儿都不忙，因为他又在那儿靠着墙抽烟呢。他有停下来的时候吗？我甚至觉得他是叼着烟卷儿出生的。真够烦人的。

　　我设法偷偷溜到商店后面，不让麦克斯韦尔先生看见我。那排旧车库就矗立在这里——好吧，其实也不算是完全立住了。它们摇摇欲坠，车库门上画满了涂鸦，垃圾遍地。

因为没见到安娜贝拉的影子，所以我决定自己先去找些证据。如果我能进入车库并找到那张照片，那就不用把她牵扯进来了。

我用内行人训练有素的目光在这

排破旧的建筑物间扫视着，寻找她们的据点。很快，我发现位于中间的那间车库门上喷了些什么。这也许就是线索。

车库帮
管理良好！

我快步上前，试着把门打开，但是门的合页锈得太厉害了，我只能打开一条小缝儿。我从那条小缝儿往里挤，但挤到一半就被夹住了，我不得不扭动着身子往里挤。我的牛仔裤有好几处被撕破了。不过，呵呵！这不是我最好的那条牛仔裤。

车库里一片漆黑。后窗上满是灰尘，唯一的一丝光线是从门下透进来

的。当我的眼睛逐渐习惯了黑暗，我才看清了周围的环境。

很明显，安娜贝拉的小分队刚刚来过。这里有四张凳子，一大堆盒子，几本女孩杂志和几个空柠檬水瓶。一面墙上有一条长架子，上面摆满了旧颜料罐子。但最棒的是，在墙的正中间挂着那张罪犯的照片。太好了！我甚至连他的车牌号都看得清。这就是证据。我要马上把它拿给老基特警官。

第 七 章

我把那张照片从墙上拿了下来，但还没等我溜出去，就听到了走向车库这边的脚步声。

"达米安！你是不是在我们小分队的基地里？"是安娜贝拉的声音。

"我敢打赌他是来偷那张照片的。我一定要让他尝尝我拳头的厉害！"

哦不！迪克茜·斯丹顿和她在

一起。

我的心一沉，都快沉到脚底了。现在，有两个女孩想参与我的侦查行动。真是太讨厌了。我认为 最好的办法就是保持镇静。要是我什么都不说，躲到那些盒子后面，没准儿她们就走了。

但是我觉得安娜贝拉已经猜到我在里面。"我们会帮你的，"她说，"但如果你要干蠢事儿的话，那就恕不奉陪了。"

她休想骗我暴露自己。没门儿！

我继续不出声。

"那就这样吧！"迪克茜喊道，然后她"砰"的一声关上了车库大门。现在屋里漆黑一片。难道我今天剩下的时间都要被困在这儿吗？或者说，可能这个星期剩下的时间我都要被困在这儿？我将要待在这个脏兮兮的车库里，没有食物也没有水。这简直就是个噩梦。

"好啦，"我喊道，"开玩笑！开玩笑！我一直在这儿呢。"

幸好她们打开了车库门，把

我放了出来。

哦！看见阳光可真好。

安娜贝拉站在我面前，伸出手来说："把我的照片给我。""我要把它带给老基特警官。"我答道，同时把照片藏在身后。我可不会那么轻易放弃。

"把它给我。"她坚持说。

"交出来，不然我就不客气了！"迪克茜边喊边走上前。

　　不幸的是，一阵风突然把我手中的照片刮跑了，吹向空中。我们看着它飞过车库，最终落在篱笆旁边，那里堆满了垃圾，还有一大堆荨麻。最惨的是，照片就掉到了那堆荨麻中间。

　　"你是故意的！"迪克茜·斯丹顿大声叫道。

　　"我不是故意的。"

"那就去把它拿回来。"她边说边走近我，像举起武器般朝着我举起了双手。她看起来凶巴巴的，我可不想挨她一记空手道切击。

"行，"我说，"我去拿。小事一桩。"

我慢慢地走到篱笆旁边。

"快点，"迪克茜站在我身后，"把它捡起来。你肯定不怕那些荨麻的，对不对？"

我当然不怕了！我把袖子拉下来盖住了手，然后勇敢地把手伸向了那堆垃圾。

那些荨麻太狠了。如果它们不是全宇宙最凶猛的荨麻，那它们肯定是

全世界最凶猛的荨麻。它们扎着我的手，穿透毛衣扎着我的胳膊。但是我不能让迪克茜·斯丹顿看出来我很疼。决不！我紧闭双眼，咬紧牙关，伸手去拿那张照片。

"快点把它拿出来。"迪克茜说道——她压根儿没注意到我疼得厉害呢。

我举起那只满是伤痕的手，把照片递给了安娜贝拉。

"这是什么啊，达米安？这不是那张照片。"

没错，这片纸太小了。我仔细一看，发现那是一张流浪者队比赛的球票。

篱笆旁边堆满了垃圾，我捡错了一张纸有什么好奇怪的？

我又转过身，咬紧牙关，把我那颤抖的胳膊再次探到荨麻丛中。这一次我抓了一大把纸片，期望里面有那张我们要找的照片。当我蹲下来把纸片铺在地上的时候，这两个女孩像鹰一样盯着我看。想必那个罪犯的照片就在其中。

然而安娜贝拉的蓝眼睛却盯着我

不放。"真奇怪，"她说道，"这里面大部分都是流浪者队的球票。怎么回事儿呢？"

我也是毫无头绪，但我很快注意到印在这些票面底部的数字都是相同的。我立刻起了疑心。

"我认为，"我边说边站起身，"我认为我们刚刚偶然发现了一个大案子。"

第 八 章

"你在说什么呢，达米安？"安娜贝拉问道。

"我的意思是，我认为这些票是伪造的，而且就是在这附近的某个地方印的。"

看得出来，安娜贝拉很震惊。"为什么有人要伪造流浪者队比赛的球票呢？"

她就是个小女孩，并不了解罪犯的心理。

"钱，"我解释道，"印这东西非常便宜，然后造假者把它们卖掉就能大赚一笔。"

"就是！"迪克茜·斯丹顿说，"这就是个骗局。"

我盯着这些假票，没过多久就想出了一个解决方案。

"这些假票应该是从造假窝点里被风刮出来的，"我说，"我准备去看看周围那些车库。其中一定有一个是造假窝点。"

这排车库后面都有个小窗户，我能从那儿往车库里面看个究竟。我挤在篱笆和车库后墙之间，即使隔着牛仔裤，我也能感觉到那些荨麻刺在我的大腿上。有时候，侦探工作就是要承受这些痛苦的。

大部分窗户都是脏兮兮的，要么裂开了，要么被打破了。只有一扇窗户是完整的，就是中间那个车库的。它的窗户被一幅黑色的窗帘遮住了。

我脑中警铃大作。为什么有人要给一个又旧又破的车库装上窗帘呢？这里面肯定有不可告人的秘密。车库主人显然是没干好事儿。我转过身，再一次从杂草中挤了回来。

"我想我已经找到了。"我指向中间的车库说道——那个车库就在安娜贝拉她们基地的旁边。

就在这时，我吃惊地看到温斯顿带着大个儿走了过来。

"我以为你奶奶来了，你就必须

在家待着呢？"我说道。

温斯顿咧嘴一笑。"是的，但是我奶奶想和我妈谈谈，"他说，"你懂的，就是聊聊天。我不停地插嘴，我妈妈就有点恼火了。"

"所以她们就让你出来遛狗了？"

"没错，"温斯顿说着，冲我使了个眼色，"我想你应该在这儿。"

我给他讲了我的发现。

"我推测那个造假球票的人就在这里干活儿，"说着，我轻轻敲了敲中间车库的门。"但是咱们得把门打开。"

不巧的是，门上有一把巨大的挂锁。

"交给我吧，"安娜贝拉说道，

她从头发里取出一个发夹，然后开始
捅那个锁眼。我必须承认，她是个机
灵的姑娘。她很快就把锁给撬开了。

到目前为止一切顺利。然而当我

打开门的那一刹那，一阵震耳欲聋的噪音响了起来。万万没有想到——这个车库里竟然安装了防盗警报器！

第 九 章

大个儿被牵绳拽着，朝警报器狂叫。我冲进去想把警报器关上——还没来得及关，就看见了一台印刷机和成摞的纸。

不仅如此……

还有更多的假球票。它们成堆地放在长凳上。

"杰罗尼莫！ ① 我是对的，"我
对旁边的人喊道，"这儿就是伪造者
制作假球票的地方。"

　　就在这时，一阵风猛地吹进车库，
假球票像暴风雪一样旋转飞舞，飞出
了大门。它们被吹得到处都是，有些
和垃圾混在了一起。

　　警报器还在响。

　　"关掉它，达米安，"迪克茜·斯
丹顿大声喊道，"我们会有大麻烦的。"

　　我四处寻找，却没发现开关在
哪儿。

　　"我们最好快跑，"温斯顿大喊
道，"快点。"

────────

① 杰罗尼莫是美国著名的印第安人领袖。英
语口语中用这个词来表示惊讶的语气。

不过已经太迟了。麦克斯韦尔先生从报刊店飞快地转过街角，冲到了车库门口。

"你们这些孩子在干什么？"他大叫着，手指夹着香烟，疯狂地挥舞着他的胳膊。

这让大个儿非常兴奋，它狂吠着，使劲拉扯着自己的牵绳，温斯顿也拽不住它了。大个儿朝麦克斯韦尔先生猛扑过去，那个老家伙被它弄得连连后退，跌坐在地上。麦克斯韦尔先生骂了很多脏话，而大个儿也汪汪地叫了一通。

"关于狗的事我很抱歉，麦克斯韦尔先生，"他躺在那儿的时候我大

声说道，"不过我在这个车库里发现了一些东西。我认为这里正在进行犯罪活动。"

我以为他会很感兴趣，但他似乎没兴趣。也许是因为大个儿正站在他的胸口上呢。

这时温斯顿突然指向车库，那里浓烟滚滚。麦克斯韦尔先生肯定是在摔倒的时候把点着的香烟弄掉了。正如我之前所说的，香烟很危险。

"我能用一下你的手机吗，安娜贝拉？"我问道，接着我拨打了999。

两辆警车很快就赶到了。太厉害了。但这和我拨打的那通电话无关。

早些时候就有人报了警。

"哦，是你，"一位女警官说着从车里跳了出来，"这一次你又在做什么呢？"

原来是哈妮警官。我们以前打过交道。

"我正在侦查这里的违法活动。"我说道。

"我看更像是'制造'吧。"她不耐烦地说，随后便走向麦克斯韦尔先生，并把大个儿从他身上拉开了。

我想跟她说说我出色的侦查工作，但是她一直忙着让那群来看热闹的邻居离火远一点儿。

很快，我就听到马路那边传来了

消防车的警笛声。它来得正是时候，因为火苗越蹿越高，火越烧越旺。现在安娜贝拉的基地也处在化为灰烬的危险之中。

就在消防队开始向火场喷水时，老基特警官带着他的狗狗蜜桃赶到了。他肯定是在从公园往回走的路上听到了这一系列的噪音。

我立刻冲到他的面前。"我发现了一个犯罪现场。"我对他说。

"真的吗？"他一边说一边走向哈妮警官。

"是的，"我说，"但是您不必过来。今天您不是休假吗。一切尽在我的掌握之中。"

"我可不这么想，达米安。"他
说道。接着他从口袋里掏出手机，拨
了一串号码。

第 十 章

在这之后，事情有点失控了。麦克斯韦尔先生的妻子突然出现在拐角处，当看到自己的丈夫躺在地上时，她瞬间失去了理智。

"离他远点。"她大声叫道，并且抄起了一根木棍，冲向老基特警官。

此时，迪克茜用一记漂亮的空手道踢中了麦克斯韦尔太太的膝盖后部。麦克斯韦尔太太跌倒在地上，压在了蜜桃身上，小狗很不高兴，转身咬了她一口。

大个儿的吠叫，警笛的轰鸣，不断喷向车库的水柱，让麦克斯韦尔先生彻底陷入了惊恐之中。他突然大声叫道："行了，行了！我承认！我一直在伪造球票。"

好吧，我不觉得惊讶。这真的很明显。原来，麦克斯韦尔先生的报刊店遇到了麻烦，他需要钱。他得戒烟了，我就是这么说的。

麦克斯韦尔先生和他太太（她也参与了骗局）被带走了，我走过去和老基特警官聊了起来。

　　"我必须承认你是对的，达米安，"他说，"确实有人在造假球票。"

　　"我知道，"我说，"但是卖假球票的是这个人。"接着我把那张照片拿了出来。

老基特警官目瞪口呆。"那人是麦克斯韦尔先生的兄弟。"他说道。

真是出乎意料，这原来是一起家族犯罪：麦克斯韦尔先生、麦克斯韦尔太太还有麦克斯韦尔先生的兄弟。这太不可思议了！

我不知道的是，老基特警官还给我妈妈打了电话。（又一次！）她很快就赶到了现场。

我在我们镇上可能很出名，但是在妈妈那儿，我却非常失败。她有在乎过我破了一桩大案子吗？她有在乎过

是我让警察和消防队在关键时刻赶到犯罪现场的吗?

不,她不在乎。

"我真为你感到丢人,达米安,"她说,"老基特警官给我打电话的时候,我都惊呆了!你怎么能这么做呢?"(她的心情总是不好。)

我不明白她为什么这么生我的气。她没完没了,几乎是一路把我拖回了家。

但我不是唯一一个有麻烦的人。温斯顿被他爸爸狠狠地批评了一顿。

他损失了一个星期的零花钱。连大个儿也被关在狗笼子里受罚,因为在麦克斯韦尔先生试图逃跑的时候,它咬了他的腿。但我觉得应该给它颁发一个奖牌。

因为攻击麦克斯韦尔太太的事儿，迪克茜被训斥了一通。老基特警官说他下周要和迪克茜的妈妈谈谈。我告诉迪克茜不用担心，因为这个警官是我的朋友。

至于安娜贝拉，我送了她一盒巧克力。毕竟，她拍了那张至关重要的照片。但是我告诉她不要声张，没准儿我会把她吸纳进我的侦探学院。